酒蜜100
韓滿 著

目次

輯二　時間的河

輯三　蜜酒

輯四　相思茶

輯五　疼

序

韓老師用性命寫詩，寫出數念，寫出親情、友情。

佇情字這條路，伊共情絲牽牢牢；因為伊有情，會曉疼痛身邊的人，會曉疼痛別人的痛疼。

這本詩集袂輸蜜酒，酸甘甜啊酸甘甜。酸是因為有感情發酵的哀愁，甘是因為有心情在伍的儈實，甜是因為有詩情吐露的表達。

2002 年熟似韓老師以來，看著伊為著母語骨力拍拚，實在真感心。今伊共近來所寫的詩，集做一本詩集，欲出來見眾，吩咐我寫幾句話，我毋敢推辭，我嘛趁伊寫一首詩相送。

〈疼痛〉

疼痛過
艱苦也會變甘甜
別人疼　家己疼
拑牢一疕一疕情絲

痛疼過
引炁出一揹疼惜
惜家己　惜別人
牽牢一絲一絲情詩

蕭藤村
寫佇石硦溪邊　2017/2/16

自序

囡仔時陣，阮一家伙仔除了我以外，逐家攏講台語。有一擺，我聽無台語就去問阿姊，伊共我詼閣毋共我講。為著輸人毋輸陣，阮就認真共台語成做生活語言。1995年學校開始推捒鄉土教育，阮就把握每一擺學台語的研習機會。

自從2002年去社區大學學台語拄著蕭藤村老師了後，看著老師對台語的拍拚佮使命感和對學生的疼痛，予阮深深感動，真正有彼種一日為師終身為父的敬佩，阮嘛共蕭老師當做『偶像』，積極跟綴每一擺蕭老師的課程拍拚學台語，嘛因為阮對台語的認真閣編教材，就予人召去做本土輔導員（92~103年）。

阮退休了有一擺轉去學校，拄著前站仔教答喙鼓著名的查某囡仔，伊雄雄走來共阮攬牢牢，阮兩人攏目箍紅、喉管滇，為啥咧？

人是感情的動物，人生充滿著酸、甜、苦、澀的各種變化，嘛因為按呢，才會製造出多彩多姿的世界。親情、感情、友情、愛情的發酵，燉出這本酒蜜 100 度的台語詩，每一首詩攏有一个感動人的故事，無定是你的故事、無定是我的故事、無定是咱身邊的人的故事，恁若看過一定會有滿滿的感動。

這本台語詩集，感謝濟濟的親情朋友予阮靈感，台語創作這條路，我會繼續拍拚一直行落去。

韓滿

寫佇嘉義　2017/2/26

輯一

四蕊思念

四蕊思念

離開兩冬外
雄雄走過來攬牢牢
四蕊紅紅對相的
思念

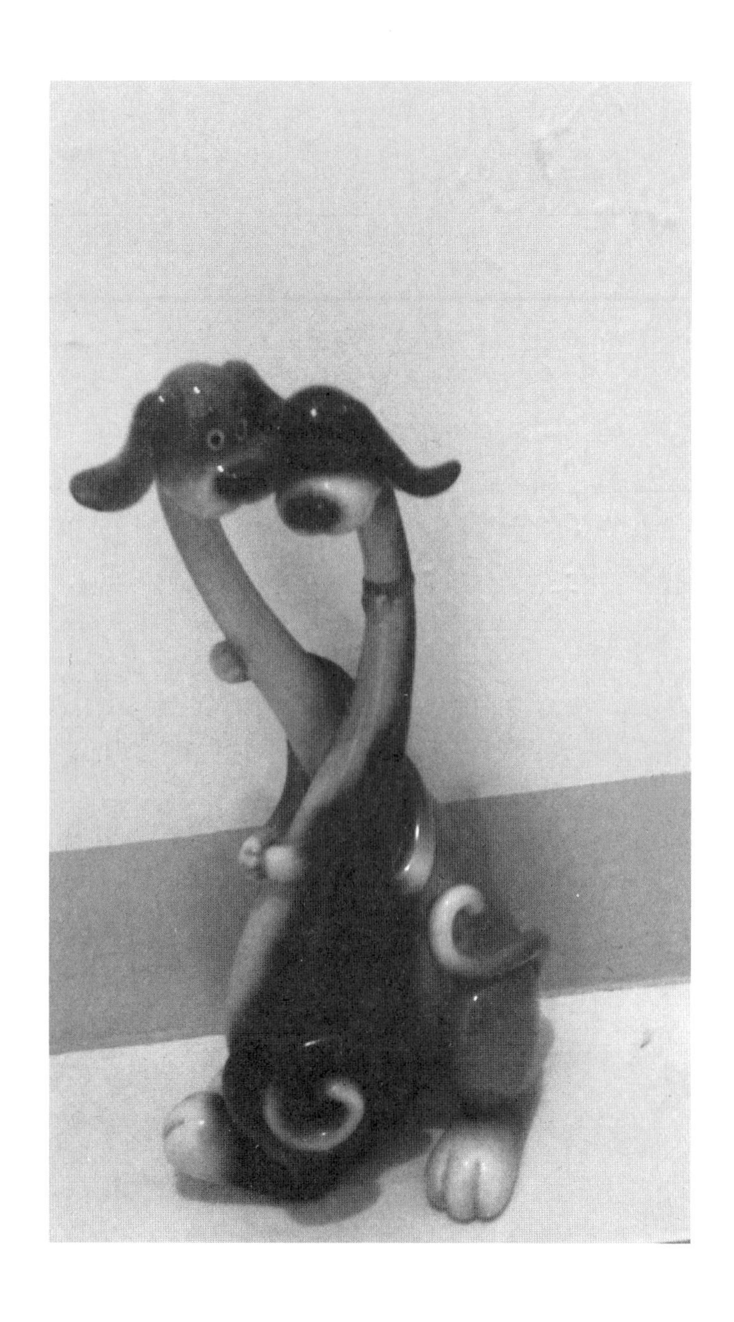

思念發酵

風　淒淒

雨　冷冷

心　罩著烏陰

風　伴日

天清　雲散

思念發酵

一蕊　一蕊

一葩　一葩

一直滾絞

絞出年久月深的氣味

揣著前世今生的跤跡

彎彎斡斡的小路

牽著　思念

一直　發酵

Give me five

嗨

Give me five

暖流 ❶　透流 ❷

閉思　固執

覕去風裡

❶ 暖流：讀 luán-liû，來自南方溫暖地帶的空氣團。

❷ 流：讀 lâu，水或液體流動的狀態。透流：流動全身。

共心拍開

阮共心鎖起來

無愛閣再去想伊

用字句起一座懸山

歲月刻的痛疼　老曲盤[1]　磨啊磨

翻頭共心拍開

有日光　有雲彩

百花開　蝴蝶來

[1] 曲盤：讀 khik-puânn，唱片。一種利用機械錄音的方式記錄聲音的膠製圓片。上有細溝，放在留聲機或電唱機上旋轉時，沿著槽紋滑動的唱針尖端發生機械振動，通過唱頭還原為聲音或轉換為電子信號。

思念阿爸

思念又發酵
叫你千萬聲
阿爸　你敢有咧聽
放阮咧孤單

風搧著阮的衫
海唱出阮心聲
雨揻[1]入阮心肝
你煞越頭做你行

揣無你的形影
阮共家己關踮[2]相思監[3]
愈想心愈疼

1 揻：讀 ui，以針狀物刺、戳。
2 踮：讀 tiàm，又唸作 tàm，在……。
3 監：讀 kann，牢獄。

質

古月　今月攏是月
落水了後
詩人撈❶月

薄雲　厚雲攏是雲
集合了後
降下甘霖

緣起　緣滅攏是緣
緣盡了後
隨人去飛

❶ 撈：讀 hôo，從水中取出東西。

老朋友

一鈷茶

講天　講地　講到半暝

烏龍　春仔　東方美人來陪伴

心內話　溢過來溢過去

一條老情歌

hinn-hinn hainn-hainn 毋成調

mai_{51} ku_{11}[1] 搶來搶去

笑聲攪著目屎跳舞

唱甲醉茫茫

一碗筊白筍

你啉湯　我食筍

燒燙燙的感動

毋管身在天邊海角
心猶原相依倚

一通電話
隨飛到　賰
一个氣絲仔的你身邊
揣你講　聽你笑　激你動
一尾活龍重見江湖

❶ mai_{51} ku_{11}：麥克風，源自日文外來語マイク。

落 -- 落 [1]

心疼　枵甲瘦卑巴的誠濟蚼蟻咧咬

心碎　一粒心雄雄落 -- 落　摔甲碎糊糊

[1] 落 -- 落：讀 lak--loh，掉下去。

纏纏纏

用性命寫詩
用靈魂唱歌
愛　講袂出喙
偷偷仔共情絲
埋入心肝穎

用電子批寄相思
用面冊寫故事
愛　毋敢提起
暗暗仔共情線的插頭
拔[1]落來

濛濛仔雨和
絲絲仔情
相拍電
勃芽發穎閣旋藤

微微仔風

共情線藤絞絚絚 ❷

佇閃電中跳舞

前世的記持

這世的情痴

纏纏纏

❶ 拔：讀 pueh，拉出、拉開。

❷ 絞絚絚：讀 ká-ân-ân，糾結得很嚴密而不放鬆。

日頭無拖沙

日頭無拖沙
換長彼个舞台的孤單

敢猶會記得我
唱啊唱　唱著青春的歌
好朋友相依倚
唱啊唱　唱到半暝唱袂煞
毋願受孤獨的折磨
歡喜逐家來做伴

看著遠遠的懸山
美夢一齣一齣一直搬

燒肉粽

滿足逐个人的耳
燒烙[1] 逐个人的心
一聲一句傳遍大街小巷
笑笑上台
笑笑落台

註：懷念歌星郭金發先生。

[1] 燒烙：讀 sio-lō，溫暖、暖和。

數量
金額小計

上台的夏荷

上台的夏荷
照水化妝
對風搖擺司奶展妖嬌

遊客予伊㖒㖒 -- 來
閣偷偷仔共伊藏起來

轉去
叫伊出來訴相思
閣共伊梳妝打扮

共想你的線索剪掉

共想你的線索一條一條剪掉
電子批一張一張擲入糞埽桶

你送的物件攏送出國
鞋仔穿佇荷蘭姑娘的跤
洋裝飛去非洲展覽

共想你的心一擺一擺退燒
無愛閣去鼻
一夜一夜等你的暗暝

笑阮大癮頭[1]

昨暝

月　來窗前探頭

阮　心肝噗噗跳

偷偷仔走出去佮伊約會

伊共阮牽牢牢

溪水唱出情歌甜蜜謠

下暗

阮　佇窗內聽候

月　無閣來相揣

較想嘛想袂曉

情歌閣對遠遠傳來戲弄

風蕭蕭　雨飄飄

敢是笑阮大癮頭

[1] 癮頭：讀 giàn-thâu，形容傻愣愣的樣子。

拄著[1]你

看白鴒鷥踅山彼時

雄雄搪著[2]你

心咇啵跳

牽動著夢中的情絲

毋敢問你的名

腦海中煞刻著你的形影

想你　想你　閣想你

想甲毋知日時暗暝

想甲無力喘氣

想甲人麻痺

想你　想你　閣想你

敢會使予阮閣一擺

拄著你

1 拄著：讀 tú-tio̍h，碰到。
2 搪著：讀 tn̄g-tio̍h，無意中遇到。

真情為你吐

窗外的風雨

唱出思念你的歌

美麗的記持

為阮共水中的月來撈

偕阮去山頂觀星望月

所有的往事

一直走過一幕又一幕

時間咧經過

毋敢說出思念的苦

等你轉來

真情為你吐

輯二

時間的河

心境

一塊烏布
四界共人畫烏漆白
家己染做白布

一塊白布
四界共人鬥跤手
予人染做烏布

心境自在
管汰伊烏布抑白布

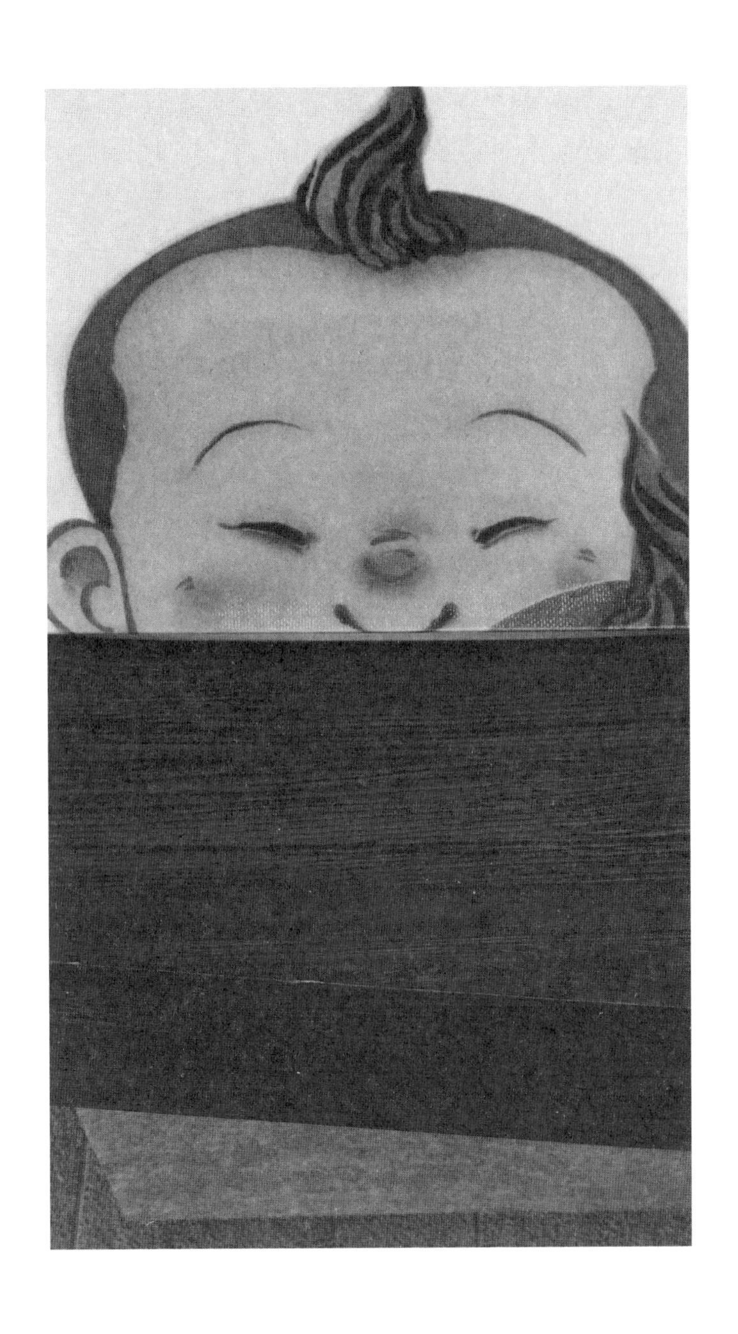

時間敢欲賣

溪水慢慢仔流
水中的苦楝花寬寬仔走
暝日思念紫色的花草

南風沓沓仔吹
埕斗的玉蘭芳匀匀仔飛
愛伊的純情為伊癡迷

金風雄雄來掃
山頂的楓仔葉直直落
袂赴惜就予雨漚漚 [1]

冷風陣陣咧透
嶺頂的梅花颺颺吼
捧袂著就予風　颱走

天公伯仔

時間敢欲賣

停一下仔愛偌濟

❶ 漚漚：讀 au-àu，堆積成一堆而漸變成腐爛。

最後一工

毋通講伊愛耍
變做飛龍飛上天
因為今仔日是最後一工

風伯仔擛[1] 叫伊緊轉去
伊化做金黃魚鱗欲遮[2] 海
天公提烏布共伊罩

烏暗中伊躘[3] 甲　忝甲
就按呢睏去

註：寫佇 2016/12/31

[1] 擛：讀 iàt，搧動。
[2] 遮：讀 jia/lia，掩蓋、掩蔽。
[3] 躘：讀 liòng，掙扎、擺脫。

揣風做伴

揣風做伴
一步一步向前行
一句一句講袂煞
相牽遊山玩水
沉入愛的深坑

天沓沓寒
風失去熱情欲分開
剪一枝梅　送孤單
孤單傷心放聲吼
越頭大步走
走二步　退一步
轉去的路　哪遮歹行

年兜

年兜的跤步愈來愈近
日頭的喙鬚愈來愈長
故鄉的田塗愈來愈芳
逐家轉來鼻田塗味

外口鬧熱滾滾
內面冷吱吱
慣勢泡兩杯咖啡
年兜瞑那啉那等你
干焦聽著老時鐘滴答滴
小小的溫度燃著[1] 過去

拍開柔柔的旋律

一人一杯一杯閣一杯

月娘也醉也綿綿

多情守到天光

智慧佮感情畫平行線

春天一走二十冬

你若重出世

你若無啉孟婆水

阮欲揣你講過去

1 燃著：讀 hiânn-tóh，點燃。

海共阮戲弄

海共阮戲弄
害阮走遍海邊

日月潭的娜魯灣
水　涼涼涼
阮的心滾滾滾會燙人

墾丁的南灣
沙　燒燙燙
阮甘願予海風熔去

萬里的野柳

heh heh 喝的人聲

由在阮叫　煞無人應

天星閃爍

看阮暗暝等到早起

青春拖無窗

夏至矣

毋過　心猶會寒

秋分矣

毋過　猶聽著蟬仔聲

楓仔葉開甲紅紅紅

較揣嘛揣無舊年彼一欉

梅花飄飄然飛飛飛

圍巾縖[1]甲絚絚絚

接袂著你送的花芳

一冬又走去藏

[1] 縖：讀 hâ，繫上、圍上。

橋

講無仝款的語言
過無仝款的橋

賽德克巴萊的族人
講賽德克的語言
查埔人愛做勇士
查某人愛會曉織布
才會當行　通往祖靈的彩虹橋

講台語予人罰錢
閣掛狗牌仔
行過這座橋
就會曉揣祖先的靈魂
就會曉叫醒囝囝孫孫

咱修理咱歷史的橋
咱講咱家己的語言

迎接 2016

2015 拋❶ 過山後
時間硞硞走
提較濟錢來買嘛毋留

一道日光 peh 起去山頭
毋管大人囡仔　抑是老老老
毋免提錢來　攏總貿❷

過去的衰運全掃
媠噴噴的猴王
2016 已經走來咱兜

❶ 拋：讀 pha，翻轉。
❷ 貿：讀 bāu，又唸作 bauh，承包、包攬。

袂使放手

騎跤踏車
人　兩輦[1]
阮　四輦
人　兩隻手
阮　四隻手
阿爸阿爸
頭前有石頭仔　誠歹行
你袂使放手

來去學校讀冊
人　一个人
阮　兩个人
人　一雙跤
阮　兩雙跤
阿母阿母
老師是鬼　會掠人
你袂使放手

踅夜市

人　一手牽一人

阮　兩手牽兩人

人　踅夜市唱情歌

阮　踅夜市

走揣較早的記持

阿爸阿母

恁會走 phàng-kìnn[2]

阮袂使放手

來去公園散步

人　一人坐一條

阮　兩人坐一條

閣一手牽一手

焦脯[3]的手一直勼[4]

閣強欲偷走

阿爸阿爸

大路誠危險

咱愛行斑馬線過
阮袂使放手

蹛套房
人　蹛別莊
阮　蹛套房
門床頂有
阿母的消瘦落肉
椅頭仔頂有
阮的毋甘
阮　兩手牽一手
阿母阿母
你若放手
是欲叫阮去佗
閣牽你的手

1. 輦：讀 lián，轎子。此處以腳代轎。
2. phàng-kìnn：是「拍毋見」的合音。
3. 焦脯：讀 ta-póo，乾瘪。
4. 勼：讀 kiu，畏縮而退卻不前。

再回頭已成空

過去已經過去
美夢袂堪得回頭
再回頭已成空

袂傷慢

欲知　袂傷慢
跤步　踏予在
毋驚　風雨來
雲開　日探頭

據在風咧吹

據在風咧吹

　　雲咧飛

山猶原恬恬佇遐坐

據在草咧搖

　　花咧扭

樹仝款靜靜佇遐徛

據在狗咧吠

　　鬼咧摧

樹佮山原在穩如泰山

明年再會

年頭聽著你的聲
就若傳來『天籟』
句句攏予人沉醉

年兜聽著你的聲
就知北風掃落葉
萬物欲覕[1]起來過冬矣

明年再會

1. 覕：讀 bih，躲、藏。

風颱

風透透　放風吹
載著理想佮向望
風吹飛甲懸懸懸

一陣風　呼呼吹
風吹斷線做兩橛[1]
頂橛毋知飛去 tueh
下橛拎[2]咧毋甘放伊飛

大風來 sú sú 吼
宛然狗仔咧吹狗螺
親像囡仔咧哭揣無娘嬭[3]
假若鬼仔掠人咧天頂飛

風颱魔　走 -- 入來
水崩山　水掣流

山走 -- 去　橋斷 -- 去　厝沒[4] -- 去
閣有幾落个庄頭攏埋 -- 去

痟狗湧一直跳
摃破海岸閣蹤 -- 起去
路無路　田無田
四界攏是大海洋

人著傷　人失蹤
好運的覓去磅空內
歹運的走袂離就活埋
嘛有流落水閣流去大海

遮咧哭　遐咧哀
哭甲咽喉管漬
哀甲若雞頷頸割無離
拍毋見的親人嘛是無 -- 去

人無　厝無

絕望　心碎

欲哭嘛哭袂出來

風過了　雨停矣

東爿有一沿薄薄的光

哇　日頭出來矣

閣是儼硬[5]的蕃薯仔囝

註：記 2009 年的八八水災。

1. 橛：讀 kue̍h，用來計算橫截後物品的段數。
2. 扲：讀 gīm，又唸作 gîm，把東西緊緊地握在手中。
3. 娘嬭：讀 niû-lé，母親、媽媽。
4. 沒：讀 bit，沉入、埋入。
5. 儼硬：讀 giám-ngē，強硬、堅強、頑強。

三千煩惱絲

三千條烏絅絲

一絲牽一絲

織出一甲子

無甜閣摻寡鹹酸味

毋過

淡薄仔滑溜淡薄仔婧

牽到海邊

綴　水樂譜跳舞

換　雲尾溜遊山

放手煞倒摔向[1]

雄雄醒來

剪去三千煩惱絲

[1] 倒摔向：讀 tò-siàng-hiànn，倒栽蔥、仰面摔倒。

冬天過了就春天

時間的河直直流
天頂的雲碏碏走
無愛遮緊就變老
揣無阿母通好投

花蕊落椏化為泥
青春掃過做為記
做陣滾絞黏黐黐
滄桑袂再幼綿綿

無意擇頭看流星
閃閃爍爍笑眯眯
堅心等待回航伊
冬天過了就春天

走揣伊一人

褪一層殼

飄飄然遊四海

行雲流水

月娘照路伴人影

夜蟲唱歌袂孤單

芳花來纓纏

雄雄醉落網中夢

冷風吹送

刺破薄離絲的美夢

煞揣無夢中彼个人

樹葉寫著思念有偌濟

時間流過春夏秋冬

溪水喝聲替阮訴哀怨

到老嘛欲走揣伊一人

倒轉去阿母的腹肚內

無愛吵鬧的世界
大細漢佇遐烏白哀
緊共門關起來
阮欲
倒轉去阿母的腹肚內

無愛垃圾的世界
烏煙罩霧閣含[1] 油滓[2]
緊共門鎖起來
阮欲
倒轉去阿母的腹肚內

阿母的腹肚內
有迷人的音樂
有燒烙的地毯

天若光
阮就欲
對阿母的腹肚內出來

❶ 含：讀 kânn，兼有、包含、連帶。
❷ 油滓：讀 iû-tái，油渣。

輯三
蜜酒

啉一杯梅酒入夢

坪頂千株梅

牽手行過百外冬

橫斜交纏毋願放

日黃昏

花影跳動

花芳飄送

花弄影

人嘛予影戲弄

消失的人走佗藏

敢會化做梅叢

等我啉一杯梅酒入夢

我無偷看人洗身軀

醫生欲刣我

掠我的目睭金金相

我真正無偷看人洗身軀啦！

油桐花

白雪白雪飛飛飛
飛過雲頂飛過月
飛到山頭佮樹尾
無細貳煞摔落地

地毯地毯白白白
親像仙女的面紗
敢若阿娘仔的手帕
歡迎逐家來遮踅

清風清風吹吹吹
吹走手帕佮面紗
芳味一陣一陣過
落花有情油桐花

病相思

一杯燒燒的咖啡
等無你來煞冷去
加較濟糖嘛無味
啉落憂愁展愁眉

為你才學啉咖啡
落喉苦澀上自欺
假激笑容假歡喜
啉久無啉病相思

心心相倚啉咖啡
參著甜言佮蜜語
衝出迷人的芳味
未啉人就已經醉

GHIRARDELLI
INTENSE DARK
TWILIGHT DELIGHT
72% CACAO
GHIRARDELLI
INTENSE DARK
60% CACAO
GHIRARDELLI
INTENSE DARK
MIDNIGHT REVERIE
86% CACAO
GHIRARDELLI
INTENSE DARK
TWILIGHT DELIGHT
72% CACAO

走相觀

白翎鷥徛佇溪仔邊
看著魚仔誠歡喜
魚仔雄雄看著白翎鷥
那泅、那藏水
白翎鷥
那看　那啄
魚仔
那跳　那傱
一个來　一个去
兩个佇遐走相觀

醉袂醒

白花柔柔
踏遍棧道
雲中捧海湧

小雨飄飄
相依倚
漫遊啉白露酒

秋風微微
一回頭
紅露酒染紅樹葉
鋪做地毯

冷風一掃
往事煙花
聽候
閣啉一杯
醉袂醒

雙花戀

公花母花相纓纏[1]

見人歹勢緊分離

春風吹來捒[2]做堆

含笑嬌媚心歡喜

雨霎[3]滋潤花愈媠

雙魚橋跤咧遊戲

搖頭擺尾讀心語

眉來眼去食著餌[4]

1. 纓纏：讀 inn-tînn，糾纏不清。
2. 捒：讀 sak，推。
3. 雨霎：讀 hōo-sap，細雨、小雨。
4. 餌：讀 jī/lī，誘捕動物的食物，也引申為引誘人的事物。

霆雷公

雷公聲聲霆[1]

日頭走去藏

烏天闇地暗

逐家閃雨縫

[1] 霆：讀 tân，鳴響。

霧嗄嗄 ❶

霧中看路

愈看愈糊

彎一个斡 ❷

煞揣無路

❶ 霧嗄嗄：讀 bū-sà-sà，矇矓模糊的樣子。

❷ 斡：讀 uat，轉彎、改變方向。

下暗

烏雲

欲共心事暗崁[1] 落來

煞　予風吹去

天星

穿水銀的閃光衫

佇遐爍[2] 來爍去

月娘

徛佇雲頂

看甲落下頦兼歪腰

❶ 崁：讀 khàm，覆蓋。

❷ 爍：讀 sih，閃爍。

喜遊龍宮

到梅仔坑
拜訪王瓊玲的
「美人尖」[1]
放揀　9 灣 18 幹的纓纏
受瑞峰 162 的誘拐
走揣人間仙境

近山　遠山　茶山
一沿綠　一沿青　一沿藍　一沿茶
雲拋摔輪[2]
摔落來驚[3]　佇茶山

柴色的步道
懸懸低低　一棧一棧
12 座大大細細的戡[4]橋
共步道牽做一个蜘蛛網

石壁鑿做龍宮
囥入日月精華
貯著雨水露珠
吐出大港　細港的水沖
秋清清涼　透心涼

攬著雲霞
吸著規粒山的芳
軟著千千萬萬的芬多精
倒踮白絹垂落來的忘憂谷
聽大自然的演奏
我醉囉

❶「美人尖」：王瓊玲，1959 年出生於嘉義縣梅山鄉，「美人尖」是她以梅仔坑為故事背景，描寫小人物的故事。

❷ 抛捙輪：讀 pha-tshia-lin，翻跟斗、翻筋斗。

❸ 攎：讀 the，又唸作 thenn，身體半躺臥，小憩。

❹ 踸：讀 sìm，上下晃動、上下彈動。

日頭逐工攏浮上海

雞鵤仔逐工攏硞硞叫

共月娘叫甲胖奶 3

趕緊逐

愛佇情批到進前

走到娘仔兜

1 走標：讀 tsáu-pio，賽跑。

2 雞鵤仔：讀 ke-kak-á，公雞。

3 胖奶：讀 hàng-ling/hàng-ni，嬰兒肥，形容嬰兒長得白白嫩嫩。這兒是指月圓。

奇怪的台灣人

忝矣

毋去歇睏

用豬腦補人腦

毋知是

豬較精

抑是人較巧

暗矣

毋去歇睏

啉雞精補精氣神

毋知是

雞目較清

抑是人目較明

虛矣

駛碌硞馬

揣蠻牛

千逐嘛

逐袂著

見笑

失戀食弓蕉皮無滋味
症頭掠袂著無法度醫
再三懇求月老接情絲
毋通叫人啉酒解相思

失戀是誠見笑的代誌
等天暗無人 khuàinn[1] 的時
我欲偷偷仔　偷偷仔
共擲入無人到的海裡

[1] khuàinn：「看見」的合音。

樹仔非常秋天

樹仔非常秋天
葉仔綴秋風四界去
來到桂花巷欲 hiù[1] 芳水

樹仔非常寒天
衫褲褪光光吣吣掣
等到好天才欲穿媠衫

樹仔非常春天
枝葉相爭出力出頭
為鳥隻欲布置上四序[2] 的厝

樹仔非常熱天
南風吹來燒 hut hut
為老朋友欲搭泡茶的好位

❶ hiù：灑。指少量而快速地。

❷ 四序：讀 sù-sī，井井有條、妥當。讓人覺得舒服安適的感覺。

焐❶燒

花蕊承❷著露水
妖嬌唌❸來足濟人

塗豆伯仔
煙腸媽仔
肉粽姨仔
攏走出來矣

孤單的伊　嘛
緊走來焐燒

❶ 焐：讀 ù，將兩個溫度不同的東西靠近，使溫度上升或下降。
❷ 承：讀 sîn，接受、承接。
❸ 唌：讀 siânn，引誘。

熔佇和平東路

風　微微

雨　霎霎[1]

一支小雨傘滴仔滴

兩條絲巾飄仔飄

小雨傘牽近肉體

絲巾搝倚[2] 兩粒心

兩人熔佇和平東路

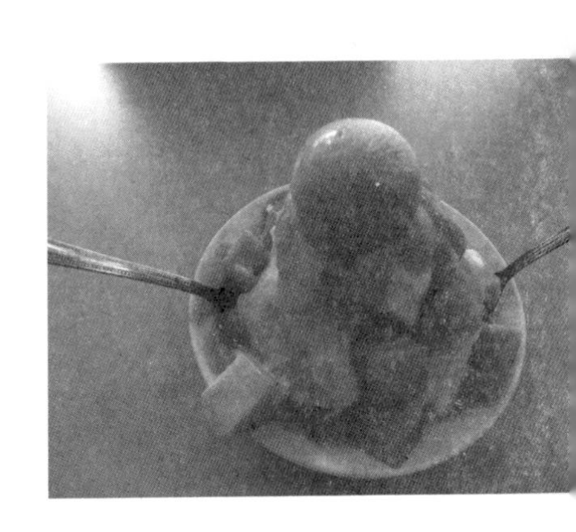

1. 雨霎霎：讀 hōo sap-sap，下著細雨、小雨。
2. 搝倚：讀 khiú-uá，拉近。

『大山北月』

日照佇孤獨的草

樹下規堆焦葉互相輾燒 ❶

風不動藤任風吹不動

拎壁龍家己顧 peh 壁

相思樹猶原是咧相思

彎彎斡斡

一棧一棧

經過

櫻花地毯

踏入

『大山北月』的地盤

七彩的虹飛落來坐佇

阮國小的椅仔

上討厭的考試單

變做
上哖人的點菜單

關西的仙草
竹東的麻糬
橫山的烘 pháng
北埔的東方美人
攏走來桌頂
苦瓜嘛化身「苦盡甘來」

大山有天真
萬人攏幸福

註：佩服莊凱詠老師的精神，把廢墟的學校開墾成很
　　特殊的景緻，一個平凡的人有了不平凡的創舉，
　　值得讚嘆！

❶ 鋏燒：讀 kheh-sio/khueh-sio，和別人擠一擠，藉以取暖。

心臟跳甲百二

飯包買好

頭家的　再會

燙著阮

耳仔燒燒　面仔紅紅

袂輸做毋著代誌的囡仔

頭仔犁犁緊從 -- 出來

五年無見的伊

敢有聽著阮的心臟跳甲百二？

我就是女王

下暗我無愛孤單

下暗我欲唱歌

唱啊唱　唱予伊暢

跳啊跳　跳予伊爽

啉啊啉　啉予伊茫

踅來踅去

莫笑我戇戇 [1]

轉來轉去

莫笑我悾悾 [2]

我霸占大舞台

衝破

束縛的天羅地網

我就是女王

❶ 戇：讀 gōng，笨、傻。

❷ 悾：讀 khong，形容人呆笨、頭腦不清楚的樣子。

醉

拄過晝
日公日婆就覕入雲山
談情說愛

今仔日的獨立山不止仔迷人
閣不時有花芳　柴芳吹 -- 過來
連　流落來的汗嘛芳芳

吸一喙芳芳芳的芬多精
食一砸[1]芳芳芳的山珍
啉一壺芳芳芳的甘泉
茫囉　醉矣
醉倒佇山跤囉

[1] 砸：讀 phiat，碟子、盤子。

塗跤的虹

紅花青葉
一叢一叢
百花婀娜
搖搖擺擺
一條彩色的虹
對透早牽到黃昏
對中油彎到水上

男女老幼
滿面春風
談情　說愛
覕蔭　歇涼
走傱　運動
拋荒的鐵枝路
發出一條塗跤的虹

心神　的靈魂

攏飛來歇佇塗跤的虹

註：中油到水上已荒蕪的鐵路，改建成一條散步、運
　　動的步道。步道兩旁樹木扶疏、百花盛開。

白煙裊裊升起

遠山白煙裊裊升起
敢是神人修練的仙洞
抑是狐狸成精的妖窟
緊走揣因端 [1]

行過彎彎斡斡的山路
袂輸中（tiòng）著魔神仔的誘拐
一步一步一直迷落去

一彎斡　一幅圖　一首詩
比「江山如此多嬌」
閣較嬌媚
比「詩中有畫　畫中有詩」
閣較詩意

彎來斡去

草芳　花芳　妖豔的芳

迷魂味隨風飄散

日頭照過半通光的樹葉

鳥隻逍遙飛上天

越頭來時路

一尾身型美妙的龍

恬 tsih tsih 咧蟠（phuân）

36 彎斡的仙道

一坵一坵的青翠

老人囡仔做陣

用鋤頭　草鍥仔　鐮劘仔

掘仔掘

閣

挽著一蕊一蕊的笑瞇瞇

敢是仙人

掖落幸福的種子

愛的岫伫遮造起

註：嘉義縣梅山鄉太平的36彎，地勢險峻、景色怡人，
茶業處處飄香。

❶ 因端：讀 in-tuann，原因、緣故。

輯四

相思茶

相思茶

啉一喙
對你一見鍾情
想欲化做目尾魚
泅入你的心房

啉一杯
對你刻骨銘心
想欲化做蜜蜂
偷偷仔採你的花芳

啉一鈷
對你日思夜夢
想欲化做茶水
一直哽你的喙脣

攏是你
害阮耳仔燒甲會燙 -- 人

一杯茶

一个人

一杯茶

予房間有溫度

啉落孤單

紮[1]著滿足入夢

[1] 紮：讀 tsah，攜帶。

掛吊 [1] 望大海

暝日咧等待

魚蝦滿船載

掛吊望大海

等無伊轉來

[1] 掛吊：讀 khuà-tiàu，把事情懸在心中、掛念。

阮強欲吼[1]

白雲飛走
烏雲罩牢
天星覓去山後

頂無北斗
下無山郊
害阮叫破嚨喉[2]

講欲陪阮到老
哪會一分一秒攏毋留
害阮強欲吼

1 吼：讀 háu，哭泣。通常指哭出聲音來。
2 嚨喉：讀 nâ-âu，咽喉、喉嚨。

佮金風約會

阮來奧萬大約會

金風陪葉颺颺飛 ❶

山頂湖邊揣到暝

只有孤單伴阮回

❶ 颺颺飛：讀 iānn-iānn-pue，胡亂飛揚。

姑娘生婧佇人兜

姑娘仔生婧佇人兜
茶湯好味佇外頭
欲啉芳茶就逐工盤山走
走揣甘泉通好潤喉

風鈴誠厚話

雨君覓去 tueh[1]

風鈴誠厚話

化做有情批

四界飛飛飛

註：風鈴木花開到處飛。

[1] tueh：「佗位」的合音。

換一个　回心轉意

有一種癡

坐佇窗邊

咖啡已經涼

沓沓仔溫予燒

閣慢慢仔等

干焦[1] 等著冷風叫我戇[2]

有一種迷

坐佇門邊

滿頭的烏頭鬃已經染

深深的心意斟[3] 予滇[4]

閣勻勻仔等

干焦等著月光笑我癡

猶閣咧喘氣

阮用十年的時間

欲換一个　回心轉意

❶ 干焦：讀 kan-na，又唸作 kan-tann、kan-ta，只有、僅僅。
❷ 戇：讀 gōng，笨、傻。
❸ 斟：讀 thîn，斟、倒、注入。
❸ 滇：讀 tīnn，充滿、填滿。

逍遙大霸尖山

雺霧[1]飄湧[2]漫半天
扁柏懸直到山巔
蟲鳥鳴叫響林殿
鳳仙搖擺步道前
鳳蝶飛舞妙姿展

奇木怪石有[3]閣堅
二葉松　紅檜木　芬多精
人人醉倒酒桶邊
絕壁孤立　屹立千萬年
氣勢萬萬千

1. 雺霧：讀 bông-bū。空氣中接近地面的水蒸氣，因遇冷凝結成小水滴或冰晶，而漂浮在地表的一種現象。
2. 湧：讀 íng，波浪狀。
3. 有：讀 tīng，硬的、堅實的。

影知影阮驚暗

影知影阮驚暗

伊用長長長的

索仔共阮摸[1] 予絚絚絚[2]

[1] 摸：讀 khiú，又唸作 giú，拉。

[2] 絚：讀 ân，緊。嚴密，不放鬆。

露水洗昨夜的心悶

承❶ 露水　洗昨夜的心悶
綴❷ 日影　解今日的孤單

❶ 承：讀 sîn，接受、承接。
❷ 綴：讀 tuè/tè，跟、隨。

含笑

日時

眾人鬧熱 tshih-tshah

含笑恬恬聽

毋敢開喙

欲暗

含笑微微仔笑

予過路的人

一人紮一袋芳味轉去

日頭共海染紅

日頭共海染紅
藍天白雲走去藏
海鳥叫是風颱閣欲來矣
飛甲誠生狂 ❶

岸邊的囡仔
歡喜欲換日頭尾
散步的男女
較猛 ❷ 共夕陽掠落來

❶ 生狂：讀 tshenn-kông/tshinn-kông，慌慌張張的樣子。
❷ 猛：讀 mé，行動迅速。

嫦娥流目屎

彼年

嫦娥衝碰[1] 飛去月娘

逐工孤單守窗前

望啊望

望到中秋妝媠媠出來看人

風颱　烏雲毋通來

毋通予嫦娥流目屎

鬱卒閣覓一冬

註：寫於2016年中秋節，莫蘭蒂颱風解除，馬勒卡颱風又進來。

[1] 衝碰：讀 tshóng-pōng，衝動。因情緒太過激動，導致出現非理性的心理行動。

僥心[1]的情　敢愛摒[2]

流水流過柳樹影　拍破水面鏡
水中游魚走去覕　毋敢向前行

海風吹沙飛颺颺　海鳥無看影
岸邊有人駛孤帆　予人心頭驚

見面干焦掰[3]手機　攏無擇頭看
佇遮講著咱未來　你敢有咧聽

往事一幕一幕一直換　只有你對阮的疼
如今一聲一聲一直問　聽袂著你的應聲

酸冷風走過門埕
僥心的情敢愛摒

1. 僥心：讀 hiau-sim，變心。改變原來對某人的感情與心意。
2. 摒：讀 piànn，打掃、清理。
3. 掰：讀 pué，撥、拂。

引悉

葉仔有風的引悉
揣著上好的所在
鋪做地毯

阮無你的引悉
十字路口排徊
聽候青燈

離別後的情愁
日落西斜的憂悶
只好等待天光的
引悉

好透老

你講

咱是麻糬

規工黏黐黐[1]

我講

咱是芋圓

千切嘛切袂開

無疑悟[2]

歲月的砂石來膏纏[3]

沖出兩條雙叉路

你講

你是風

愛四界抛抛走

我講

我是雲

愛佇天頂飄

風來　就共雲趕走

雲　就飛去港口

風來　揲[4] 雲去遮日頭

雲　就飛起去山後

風來　共雲搧甲目屎流

隨欲共雲攬牢牢

雲　感動甲一直吼

風　毋甘雲直直哭

回心轉意欲共雲留

風的熱情予雲苦惱

心中的怨嘛溶去了

一陣大雨到

風講

我欲去佗位揣雲

好透老

❶ 黏黐黐：讀 liâm-thi-thi，黏答答，形容很黏的樣子。

❷ 無疑悟：讀 bô-gî-ngōo，又唸作 bô-gî-gōo，不料、想不到。

❸ 膏纏：讀 ko-tînn，纓纏、糾纏不清。

❹ 擛：讀 iat，搧動。

舞健康

迷人的音樂響起
送來臭臊的熟似味
蝦仔　蚶仔　魚仔攏臭火焦芳
逐家的喙瀾　津 -- 落來
白酒　紅酒　硞來硞去

身軀著火
恰恰　倫巴　踅來踅去
心內著火
心情　愛意　趕抶出喙

哪會遐爾仔鬱卒
敢毋是欲舞健康

烏頭毛變白頭鬃

青春對指頭仔邊漏去
烏頭毛一時仔變做白頭鬃

日光對樹葉仔縫掖落來
一線的燒烙承無著
只有淒涼的烏寒徛佇門窗

無邊無際的暗暝
當時才會有貓霧仔光 [1]

[1] 貓霧仔光：讀 bâ-bū-á-kng，天將亮時的微微日光。

輯五

疼

我毋是毋挃你

你咧流目屎　我的心咧滴血
天　暗暗暗　雷　一直霆
就佇下昏　就佇下昏
是咱最後的一暝

你是我過去唯一的伴
今後我是欲對啥人剖心肝

我毋是毋挃你
是已經無氣力照顧你
無奈何才欲佮你分開

離別了後
只要我猶有咧喘氣
我會逐工去老牛的厝看你
請你著保重

註：台南德元埤荷蘭村附近有一老牛的家，專門收養老牛，做為老牛最後的家。有一老農夫年紀老又病，唯一相依為命的老牛已老，老農也養不起，只好將牠送走，要送走的前一晚，老牛和老農都流下眼淚。

食披薩

買大送大
阮逐家緊來鬥食

走第一　毋是想甲流喙瀾[1]
是　無來食就愛罰款
啥？三大个？

先訂彼个 299
買一送一 630
三个平平大

啥
又閣去予生理人畫去矣

[1] 喙瀾：讀 tshuì-nuā，口水、唾液。

看著的毋是真的

看著的毋是真的

真的毋是真的

假的毋是假的

真的

予喙瀾淹去囉

據在人淩治

活跳跳的少年

關佇籠仔內

心內毋允

無法做主

據在人淩治

註：年青人生病住院。

毛蟹横過路

天清清　月圓圓

毛蟹横過路　欲去海裡生卵

人敆[1]敆　車濟濟

老母一命嗚呼　囝兒袂赴來出世

海風涼　海景媠

車輛歇路邊　眾人鬥保庇

五分鐘　保護一生

毛蟹拜謝逐家　趕緊去生湠後代

[1] 敆：讀 kheh，擠。例：人敆人。

予仲丘

莫越頭[1]閣看
莫搤[2]耳閣聽
著寬寬仔行
毋免閣驚惶

犧牲你性命
眾人替你疼
未完成志願
眾人替你拚

❶ 越頭：讀 uat-thâu，回頭、轉頭。
❷ 搤：讀 iah，挖。

對雲頂摔落深坑

醫生：誠萬幸　早發現

病人：第幾期？

醫生：開刀了　無代誌

病人：好佳哉　好佳哉

醫生：閣有其他的發現

病人：啥物？

醫生：是細胞分化癌

病人：哪會按呢？

醫生：誠不幸　是罕見　誠歹的歹物

病人：為什麼是我？

醫生：欲化療抑是佮伊做朋友？

病人：請醫生鬥出主意？

醫生：家己的性命家己裁決

一粒心對雲頂摔落深坑

放我自由

阮毋是
你比賽朗讀的文章
暝日膏膏纏

阮毋是
你活跳愛耍的大樹
規工吸牢牢

阮毋是
你喙焦喉渴[1]的甘泉
不時斟滇滇[2]等你

阮強欲袂喘氣
放我自由

❶ 喙焦喉渴：讀 tshuì ta âu khuah，口渴、口乾舌燥。
❷ 斟滇滇：讀 thîn-tīnn-tīnn，將液體填滿於容器中。

海龍王吐水

海龍王吐水
天公伯仔倒水
一四界攏淹水

無水惱
濟水閣較苦
拜託拜託
雨水稍歇一下

孤單走天涯的野草

袂當做

雙雙飛上天的蝴蝶

甘願做

孤單走天涯的野草

共大地洗清氣

政策一直變化

厝拆人掠

臭耳人大人無聽著囝仔咧哀

乖乖聽話才袂討皮疼

污濁的世風

垃圾[1]的人心

天公伯仔用大水

共大地洗清氣

[1] 垃圾：讀 lah-sap，骯髒、污穢、不乾淨。

家己的疼毋是疼

家己的疼毋是疼

親人的疼才是咱的疼

敢毋是？

寵倖 ❶

查埔人

泡茶啉咖啡

曲跤坐膨椅

見講

為國為家

查某人

下班趕灶跤

無暝無日

見做

為翁為囝

活動

一个一个一直辦

煙火

一搭一搭一直放

百姓的銀票燒袂完

青天變烏日

siáng[2] 教 -- 的

❶ 寵倖：讀 thíng-sīng，溺愛、過分寵愛。

❷ siáng：「啥人」的合音。

落貨囉

綴著你的跤跡
揣無你的形影
百枝針對準準
共思念鑿[1]甲疼搐搐

通光的月娘偷笑
滾絞的海湧拍噗仔
只有鳥隻的歌聲
共阮講
落貨囉

[1] 鑿：讀 tsha̍k，刺、扎。

Panasonic

哪愛等遐[1]久

醫生：你著癌矣

病人：你講啥？

醫生：你致[2]著癌症矣

病人：哪有可能？

醫生：後後禮拜來做『核磁共振』

病人：你講啥？

醫生：閣後後禮拜　才閣來開刀

病人：哪愛等遐久？

[1] 遐：讀 hiah，那麼。

[2] 致：讀 tì，罹患疾病。

欲行對阿母的聽候 [1]

天烏烏

雨粗粗

身軀淋甲澹糊糊

欲行緊　袂大步

無張持　人跋倒

車　一台一台咻咻叫

灯　一葩一葩直直照

心　一下一下踮踮跳 [2]

枴仔哪攏摸袂著

攑頭對天一直問

這條路哪會遐爾遠

有厝是欲按怎轉

摸著矣

閣跋一倒

閣牚 [3] 一擺

較艱苦嘛毋敢哀

天愈烏

雨愈粗

身軀咧摔 [4] 烏寒雨

較細步　較緊到

欲行對阿母的聽候

[1] 聽候：讀 thìng-hāu，等候，等到某個時候。
[2] 跔跔越：讀 khû-khû-tiô，發抖。
[3] 牚：讀 thènn，用枴杖支撐身體，使不再跌倒。
[4] 摔：讀 siàng，物體自空中重重地摔下來。

無語問蒼天

花非花　雨非雨

花是雨　雨是花

冷霜的月照入門

堅凍[1]的心叫袂轉

話語是利針

針針揻[2]入心肝

眼神是利劍

劍劍刺入腸肚

肝腸寸斷

是淚是血

無語問蒼天

[1] 堅凍：讀 kian-tàng，結凍。液體經過冷凍或低溫處理後而形成固體。

[2] 揻：讀 ui，以針狀物刺、戳。

彼日擧旗仔咧喊喝

彼日擧旗仔咧喊喝
今日的無奈何 [1]
走去的袂倒轉
方向盤愛家己扞 [2]

❶ 無奈何：讀 bô-ta-uâ，無可奈何、不得已。
❷ 扞：讀 huānn，掌握、掌管。

消瘦落肉

中秋暝

有人賞月　有人放煙火

月娘薰甲面變烏

聽候風吹　聽候雨洗

洗清氣

伊煞

消瘦落肉

為何閣醉落去

你駛目墘
害阮見笑面紅心虛
你的貼心
害阮路邊等規暝

毋管黃昏抑是早起
隨時等『line』安慰家己

逃袂過情海的纓纏[1]
心魂顛來倒去

狂風大雨雄雄起
無講無呾[2]就離開
利針一分一分　一寸一寸
刺甲流血流滴
激堅強　笑咪咪

明其知

曖昧[3]的愛袂圓

有夢無望

為何閣醉落去

❶ 纓纏：讀 inn-tînn，糾纏不清。

❷ 無講無呾：讀 bô-kóng-bô-tànn，不言不語、不動聲色、不聲不響。形容人不出聲音或無預警地就做出動作反應。

❸ 曖昧：讀 ài-māi，不明朗、不清白、不光明正大。

悲哀佮美麗

自從掠著頭摠[1]了後
伊就逐工無時間　走抛抛
毋是參加活動　就是揣朋友

自從聽李泰祥的歌了後
日時如癡如醉　暗時半睏半醒
人前毋是哼歌就是講笑詼[2]

自從知影確定著病了後
釘甲厚厚厚的戰甲
看袂透牆圍仔內的花蕊

自從見著婧姑娘醫生了後
親切　溫柔　熱情　美麗
點灼眼前活跳跳的希望

❶ 頭摠：讀 thâu-tsáng，頭緒、線索。
❷ 講笑詼：讀 kóng-tshiò-khue/kóng-tshiò-khe，打諢、逗笑、講笑話。

免著驚

只是一面鏡

請你免著驚

叫咱專心行

身心攏勇健

註：有人走手扶梯時邊走邊看手機，結果摔了好幾圈
又受傷。有人看到受驚嚇，因而不敢再走手扶梯。

魚塗　魚金

吳郭仔跳去國宴
佇五湖四海跳蹤[1]
內行的四界走揣台灣鯛的好滋味

龍膽石斑的名聲
泅過烏水溝衝到各國去
技術被偷
閣掃著景氣霸王級的風颱
鑽石變石頭

汗水攪血水吞
閣較艱苦嘛愛濆[2]
向望石頭嘛會發光

❶ 蹤：讀 liòng，又唸作 lìng，躍起。
❷ 濆：讀 bùn，水湧出來，在此指打拼。

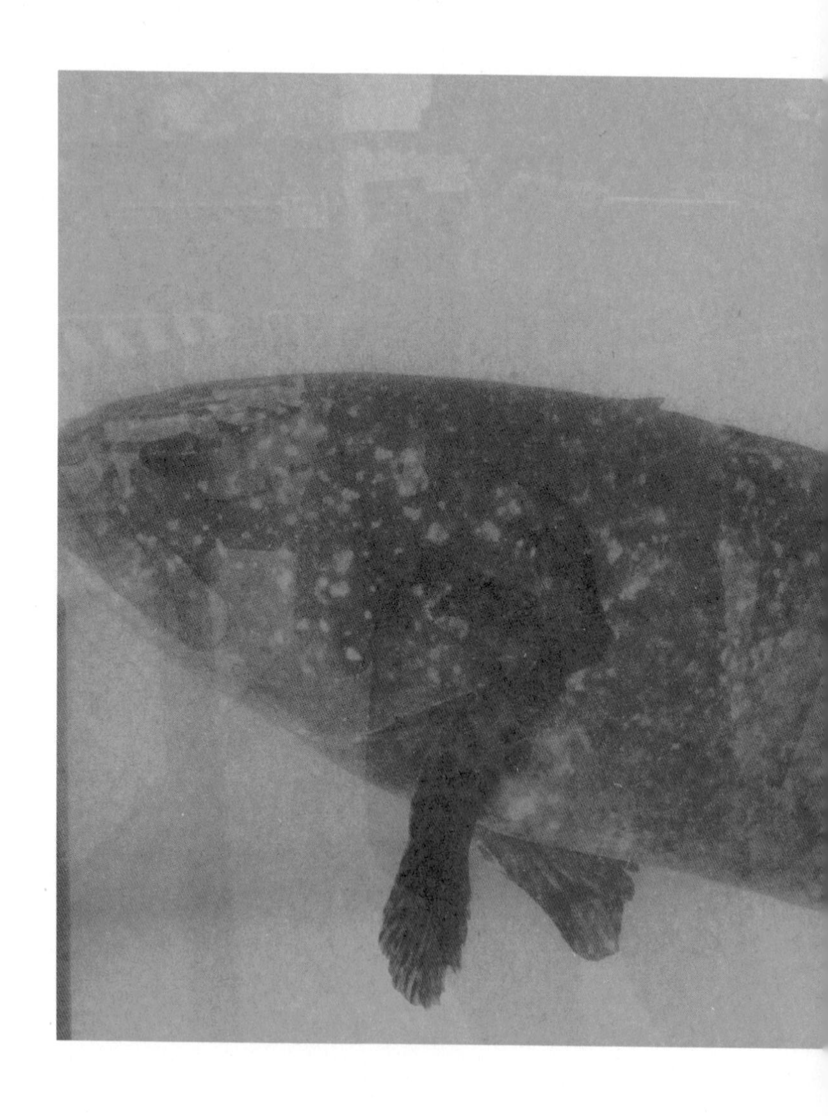

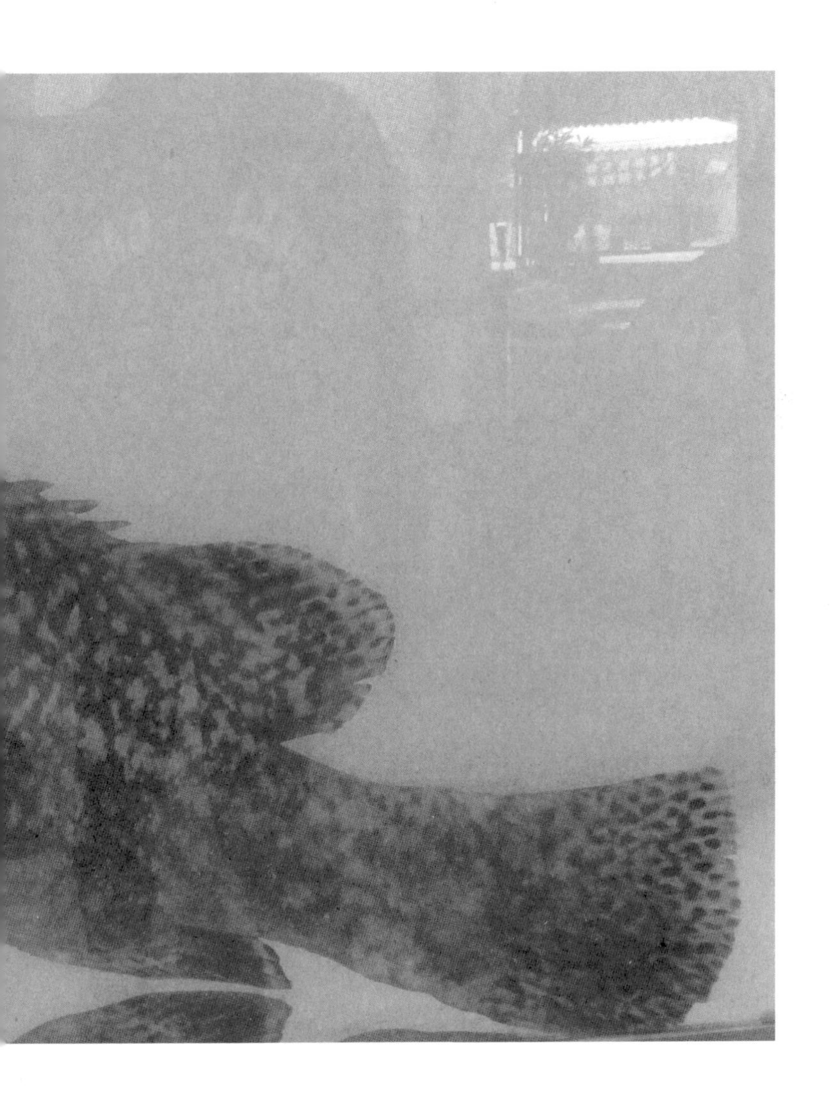

國家圖書館出版品預行編目 (CIP) 資料

酒蜜 100 / 韓滿著 . -- 初版 . -- 臺北市 :
前衛 , 2017.07
面 ;　公分
ISBN 978-957-801-822-8(平裝)
863.51　　　　　　　106008758

作　　　者　韓　滿
責任編輯　鄭清鴻
美術編輯　苗銀川
出 版 者　前衛出版社
地址：10468 台北市中山區農安街 153 號 4 樓之 3
電話：02-25865708　傳真：02-25863758
郵撥帳號：05625551
電子信箱：a4791@ms15.hinet.net
官方網站：www.avanguard.com.tw
出版總監　林文欽
法律顧問　南國春秋法律事務所
出版日期　2017 年 7 月初版一刷
總 經 銷　紅螞蟻圖書有限公司
地址：11494 台北市內湖區舊宗路二段 121 巷 19 號
電話：02-27953656　傳真：02-27954100

定　　　價　新台幣 250 元

　ISBN 978-957-801-822-8